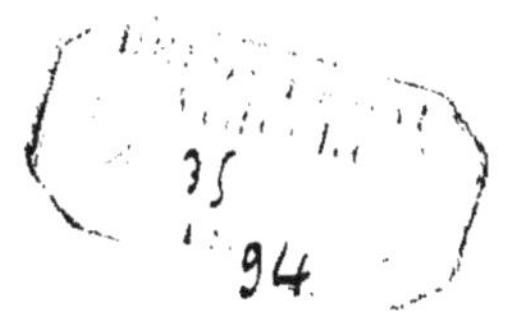

FÉLIX RÉGAMEY

Le Cahier Rose
de
Mme CHRYSANTHÈME

PARIS
BIBLIOTHÈQUE
Artistique & Littéraire
1894

LE CAHIER ROSE

de

Mme CHRYSANTHÈME

FÉLIX RÉGAMEY

Le Cahier Rose

de

Mme CHRYSANTHÈME

Avec illustrations de l'auteur

PARIS
BIBLIOTHÈQUE
Artistique & Littéraire
1894

IL A ÉTÉ TIRÉ DE CET OUVRAGE :

362 exemplaires numérotés dont :

330 ex. sur papier à la forme, simili-hollande, avec frontispice de l'auteur.......................... 3 fr.

10 ex. sur Hollande Van Gelder, avec double état du frontispice (bistre et noir)... .... 10 fr.

10 ex. sur Chine avec chacun un dessin original à l'encre de chine.............................. 15 fr.

12 ex. sur Japon impérial contenant chacun une aquarelle originale au faux-titre et un double état du frontispice (bistre et sanguine)............. 20 fr.

Cette édition ne sera jamais réimprimée.

EXEMPLAIRE N° 244

...Prenez la lueur des yeux d'une sœur de charité exerçant son doux ministère, le sourire d'une vierge épiant sur la grève le retour de son fiancé, et le cœur innocent d'un enfant ; enfermez tout cela dans un petit corps svelte et allègre, couronné d'une masse de cheveux de jais et vêtu de soie qui craque — vous aurez la Japonaise.

HENRY NORMAN.

PRÉFACE

L'AME JAPONAISE

ET LE JAPON DE M. PIERRE LOTI

TEZ-MOI ces magots ! » disait Louis XIV, en touchant dédaigneusement de sa canne quelques-uns de ces superbes tableaux de l'école hollandaise, qui sont la gloire des musées de nos jours. Et voilà qu'un fameux littérateur français vient nous donner la preuve, dans ses écrits sur le Japon, d'une incompétence égale à celle du grand roi — avec la même superbe.

Sans doute cette incompétence n'apparaît pas à tous les yeux ; l'éclat du style, le charme des descriptions, voilent, en plus d'un endroit, la rancœur et les préventions de l'auteur, de sorte que l'impression produite sur le lecteur superficiel n'est, en somme, pas trop mauvaise.

Il n'en va pas de même pour qui connaît bien le pays, et l'indignation de tous ceux, qui ont le culte de la beauté, sous quelque latitude qu'elle se rencontre, peut se comparer à celle qu'éprouverait un bon chrétien à la lecture d'une « interview » avec Dieu le père — si une telle aventure était possible.

Supposons que le reporter le décrive avec complaisance, comme un vieux bonhomme à barbe blanche — tel que les missels gothiques nous le représentent — environné de chérubins joufflus soufflant dans des trompettes, et qu'il s'attarde à certaines particularités, rendues vulgaires à plaisir! Quel scandale ce serait pour les âmes pieuses et quelle souffrance elles éprouveraient à voir traiter irrévérencieusement l'objet de leur dévotion !

Il y a beaucoup de cela dans l'effet produit sur les fidèles japonisants par la prose de M. Pierre Loti.

Est-ce à dire que tout est à admirer dans l'Empire du soleil levant ? L'absolue perfection n'est pas de ce monde et, là comme ailleurs, il y a place pour plus d'une critique de détail, surtout si l'on ne veut considérer que l'époque actuelle.

J'ai sous les yeux toute une suite de petits cahiers qui furent envoyés du Japon, avec d'autres objets, à la dernière exposition universelle de Paris par le Monbousho, ministère de l'instruction publique.

Ce sont des travaux d'élèves des écoles publiques de là-bas. Écriture, calcul, géométrie, histoire, géographie, toutes les matières enseignées dans nos établissements scolaires d'Europe, sont représentées dans ces cahiers.

Je cueille dans l'un d'eux cette narration enfantine d'une petite fille, élève de l'école communale n° 29 de Kioto.

PROMENADE AU BOIS DES PLATANES.

« Un dimanche, après avoir bien travaillé à l'école, je suis allée faire une petite promenade dans le bois des platanes de Harasi Yama.

Mes parents m'en ayant donné la permission, je suis partie avec mon petit frère et ma bonne. La vallée était fraîche et la vue très agréable. Les feuilles des arbres, rougies par l'automne, étaient richement teintées. Sur la route il y avait beaucoup de promeneurs, et j'ai rencontré plusieurs de mes bonnes camarades de l'école qui allaient, comme moi, prendre l'air dans les bois. Nous nous y sommes bien amusées à poursuivre les jolis papillons et à cueillir des fleurettes. Puis nous sommes rentrées à la maison parce que mes parents nous attendaient pour dîner.

Que j'ai eu de plaisir ce jour là !

J'ai écrit ces quelques lignes pour conserver le souvenir de cette agréable petite promenade ».

Signé : TANÉ-OSAKA, *11 ans 1/2*.

Ces cahiers ne nous apprennent pas seulement que le langage des enfants est partout le même, ils nous renseignent aussi sur les méthodes nouvelles adoptées pour l'enseignement du dessin ; en les parcourant, nous voyons les travaux des élèves de différentes classes des écoles primaires de garçons et de filles.

Que les classes soient supérieures ou moyennes, c'est maintenant partout le même genre d'objets qui a servi de modèles à ces malheureux enfants : marmite, casquette, petit banc, etc., le même « objet usuel » sans expression et sans vie dont on a tant abusé chez nous, mais dont, heureusement, on commence à se lasser un peu. Le pis est que pour ces études, l'usage du pinceau, cet outil admirable, si souple et si ferme à la fois, l'outil national, n'a pas été conservé. C'est notre crayon mine de plomb, sec, et notre crayon noir, boueux, aggravé d'estompe, dont, gauchement, se sont servis ces petits Japonais dévoyés.

On peut voir dans ce détail si important, sous son apparence insignifiante, une des nombreuses manifestations de ce phénomène désolant observé par quelques initiés, qui, de loin, suivent, avec une anxieuse sympathie, les progrès de la civilisation occidentale au Japon. (1)

Comment ne pas souffrir au spectacle offert par un peuple qui semble avoir perdu la conscience de sa valeur en art, qui, foulant aux pieds le génie de sa race, s'efface et s'humilie devant le fracas de nos produits.... à l'huile ! et s'essouffle à vouloir nous suivre sur notre terrain, où il se montre d'une infériorité qui n'a d'égale que la nôtre, quand nous voulons nous aventurer sur le sien.

Aussi bien chez nous que chez eux, il y a une notion qui échappe à plus d'un.

C'est ainsi que, croyant me faire bien plaisir, un ami m'offrait, il y a peu de temps, de petits paysages d'un artiste de Tokio ; aquarelles baveuses, cotonneuses, en manière de chromo, sur papier torchon, parfait spécimen de l'art phthisique qu'on trouve dans nos cours de jeunes demoiselles, et n'ayant rien gardé de l'accent net et subtil de l'ancienne image japonaise. Et c'est ainsi encore qu'on a pu voir le critique théâtral d'un grand journal parisien partir en guerre contre les licences qu'un auteur s'était permises, en adaptant l'œuvre d'un poëte de la Grèce antique, alors qu'il restait parfaitement calme en présence des licences, tout aussi haïssables, d'un autre auteur qui avait transporté sur la scène un Japon absurde.

---

(1) But it seems likely, instead of Japan converting us, we shall pervert Japan. Our contact has already tainted the dress, the houses, the pictures, the life generally, of the upper classes. It is to the common people that one must now go for the old tradition of sober beauty and proportion. You want flowers arranged ? Ask your house-coolie. There is something wrong in the way the garden is laid out ? It looks too formal, and yet your proposed alteration would turn it into a formless maze ? Call in the cook or the washerman as counsellors.

B. H. CHAMBERLAIN. *(Things Japanese)*.

Si le Japon semble n'avoir pas droit aux mêmes égards que la Grèce, c'est uniquement parce qu'on ignore l'un tandis que l'autre est ressassé.

Cependant de nombreux et remarquables travaux ont été publiés sur cet empire, en Angleterre principalement. En France, nous avons ceux de M. Pierre Loti, l'ingrat, le déplorable ami de madame Chrysanthème. Son parti pris incompréhensible de dénigrement est bien fait pour confondre l'esprit de quiconque a pratiqué le Japon autrement que ce marin. Il n'a fait que l'entrevoir du pont de son navire, et il le définit ainsi : « cette étonnante patrie de toutes les saugrenuités !!! »

Saugrenue !... Cette nature superbe où le pin colossal, à la noble allure, se marie au bambou capricieux et léger, où, d'un bout de l'année à l'autre, les fleurs étalent leur enchantement : c'est la neige rose des cerisiers dévalant des collines. . ce sont les camélias de pourpre, les lis d'or, les graciles graminées, dont se parent à foison sentiers et buissons... c'est l'inépuisable variété de chrysanthèmes, ravissant notre Occident qui, jusqu'à ces dernières années, ne connaissait de cette plante qu'une espèce rabougrie et terne. (1)

Saugrenue !... Cette architecture élégante et grandiose, le Siro féodal, château-fort, aux murailles trapues, qui plonge dans un fossé aux eaux pro-

---

(1) The first impression made on any fairly observant person landing in Japan is the extraordinary variety of the vegetation. No wonder that the number of known species of trees and plants (exclusive of mosses and other low organism) rises to the enormous figure of two thousand seven hundred and forty three, distributed over an unusually large number of genera, while it is almost certain that further investigations will raise the figure considerably, the northern portion of the country having been as yet but imperfectly explored.

B. H. CHAMBERLAIN. *(Things Japanese).*

fondes et découpe sur le ciel sa silhouette tragique, et ces temples Bouddhistes au décor éblouissant, somptueuses demeures de la plus tolérante des religions (1), où des prêtres, qui étaient de grands artistes, ont, intérieurement, extérieurement, et de la base au faîte, accumulé l'or et la soie, le bronze, la laque rouge et noire, les émaux et les peintures, fouillé le bois, sculpté d'inextricables chapiteaux surmontant de lourds piliers, le tout bien digne d'être mis en parallèle avec nos plus belles cathédrales !

Saugrenus !... Ces fondeurs, ces armuriers, ces orfèvres, ces ciseleurs, ces sculpteurs et ces peintres

---

(1) ...I may here mention as evidence of the liberality of the Buddhists, that when Lady Parkes applied to the high priest of Shiba, for permission to have the church of England service performed in one of the chapels connected with this great shrine, her request was at once granted. Hence Christian worship is offerd every Sunday in this greatest of Buddhist temple.

...The impression which I now receive upon first beholding the magnificent temples (Shiba) and shrines standing before me as we step from our carriage is most delightful. Buildings so rich in colour, so beautiful in detail, so striking in symbolism, I have never before seen, or even dreamt of. Had a Gibbons been employed on the wood-carving, had the colourist of the Alhambra done his utmost to add to forms which in themselves are almost perfect, a new charm trough the addition of pigment, and were the whole of such detail subordinated to fitting places in as vast architectural edifices by the architects of the Parthenon, no more worthy effect could be produced than that of the buildings on which my eyes now rest.

...On this memorable day, I learnt many facts of deep interest, and I have certainly beheld, enshrined in cryptomerias and other conebearing trees of vast proportion, an amount of architectural beauty, such as I have never before seen.

CHRISTOPHER DRESSER.

(Japan ; Its architecture, art and art manufacture).

à qui l'on doit des œuvres dont les moindres sont arrivées jusqu'à nous, et dont il faut voir les plus beaux spécimens sur place dans leur cadre, tel le Daïboutz de Kamakura, colosse de métal doré d'un style si pur, et tous ces objets d'usage courant en ivoire, en faïence, en bronze, etc.

Saugrenus !... Ces héros et ces héroïnes qui égalent en courage et en vertu tout ce que notre histoire et nos mythologies ont à nous offrir de plus grand et de plus beau !

Il faut plaindre l'esprit superficiel, qui n'a pas su voir tout cela, à l'égal de ces faux artistes qui n'ont su retenir que le côté platement caricatural d'une civilisation encore si fertile en beautés sobres et délicates (1), et se sont plu à représenter les Japonais aux prises avec les engins étrangers à leurs mœurs et à leurs traditions, spectacle ridicule s'il en fut !

C'est qu'ils ont fait du chemin, en quarante ans, depuis le jour où M. T. Harris, le représentant des Etats-Unis, débarqua à Simoda pour mettre à exécution la convention imposée par le commodore Parry.

En ce temps-là, les Japonais, manquant d'informations précises, échangèrent leur or pour de l'argent — à poids égal !

---

(1) Japanese taste in painting, in furniture, in floral decoration, in all matters depending on line and form, may by summed up in one word : sobriety. The bluster which mistakes bigness for greatness, the vulgarity which smothers beauty under ostentation and extravagance, have no place in the Japanese way of thinking. The alcove of a Tokio or Kioto drawing-room holds one picture and one flower-vase, wich are changed from time to time. To be sure, picture and vase are alike exquisite.

...When will Europe learn afresh from Japan that lesson of proportion, of fitness, of sobriety, which Greece once knew so well ?

B. H. CHAMBERLAIN. (*Things Japanese*).

Aujourd'hui il en est de même dans le domaine intellectuel et moral.

Jusqu'où iront-ils dans cette voie ?... C'est ce que l'avenir nous apprendra. Peuple amoureux de la nature, artiste jusqu'aux moëlles, il est permis d'espérer qu'il n'est pas perdu encore pour l'idéal et qu'il aura lui aussi, sa Renaissance, car il ne reste plus rien de sa féodalité, ni de ce que, par analogie, on pourrait appeler son art gothique. C'est sur le nôtre qu'ont été écrites ces lignes dans la *Revue Bleue* :

« Au moyen-âge, nulle trace d'artiste. Le peintre, le sculpteur étaient ce qu'ils auraient dû rester toujours : des ouvriers s'acquittant pour le mieux des travaux qu'on leur commandait. Le souci de l'originalité, de la personnalité, qui est en train de perdre l'art de notre temps, ce vain souci ne les tourmentait pas. Ils ne cherchaient pas à faire autrement, c'est presque à leur insu, par la seule force inconsciente de leur tempérament naturel ».

Ceci, dit pour ce que l'auteur appelle « l'âme gothique », s'applique parfaitement bien à l'âme japonaise.

Aujourd'hui encore, pour qui sait voir, elle trouve à se manifester dans les moindres produits sortant des mains de l'artisan japonais (1), si imparfaits qu'ils soient, vite faits, à la grosse, avec des matériaux de plus en plus médiocres et visant le marché européen. Le problème de faire quelque chose avec rien, résolu par l'article dit de Paris, semble également avoir trouvé sa solution là-bas. Cela nous arrive par cargaisons qui rappellent les pacotilles que

---

(1) Mr. Percival Lowel truly observe that, To stroll down the « Broadway » of Tokio of an evening is a liberal education in every day art, for — as he adds, — Watever these people fashion, from the toy of an hour to the triumphs of all time, is touched by a taste unknown elsewhere.

B. H. CHAMBERLAIN. *(Things Japanese).*

nous destinons aux peuplades du continent noir, et, dans ces deux cas, le même mépris pour le destinataire préside à l'envoi.

Malgré tout, l'âme japonaise n'est pas morte — hypnotisée par la puissance occidentale, elle n'est encore qu'en léthargie — elle se ressaisira un jour.

⁂

Le Japon, qui compte en France des admirateurs passionnés, n'avait point encore rencontré, parmi ses très rares détracteurs, un personnage de la taille de M. Pierre Loti.

Officier de marine littérateur — et quel ! — peintre miniaturiste, d'une grâce féminine, décorateur d'éventails pour le grand monde, il est écouté et on le croit sur parole, quelles que soient les variations qu'il lui plaise de broder sur des sujets entrevus. Cependant l'observation d'escale a ses périls et prête à bien des défaillances.

La déception sentimentale qui nous est confessée dans « Madame Chrysanthème » n'est peut-être pas étrangère non plus aux allures méprisantes qu'affiche libéralement, pour ce pays si beau, et pour ses habitants, l'historiographe patenté des faciles beautés exotiques.

Oh ! il les traite durement ces pauvres Japonais ! Ils ont pourtant un droit incontestable à l'estime des peuples. (1)

---

(1) In the days before japanese ideas become know to Europe people there used to consider it essential to have the patterns on plate, cushions and what not, arranged with geometrical accuracy. It on the right hand there was a cupid looking to the left, then on the left hand there must be a cupid of exactly the same size looking to the right, ond the chief feature of the design was invariably in the exact centre. The Japanese artisan-artist have

Ils ne possèdent pas, à vrai dire, l'habileté cauteleuse des Chinois ; ils n'ont jamais songé à gratifier l'Europe d'un général lettré, chargé d'affaires, et aussi de chanter sans cesse leurs louanges à nos dépens. Ils sont plus modestes.

Par courtoisie et en reconnaissance des services qu'ils ont rendus à notre art, n'appartient-il pas, dès lors, à ceux d'entre nous qui vraiment les connaissent, de prendre leur défense et de rétablir les faits ?

De ce Japon, ceux qui l'ont bien vu et qui ont su l'apprécier, ont rapporté de persistants souvenirs qui dominent et remplissent une existence entière. L'impression psychique se mêle intimement ici à la sensation physique, et le parfum poivré des îles de l'Extrême-Orient suit, au travers des mers, avec l'évocation des êtres et des choses, ceux qui s'en sont allés.

Et ils souffrent, à voir tacher d'une encre maussade les robes dorées ou fleuries des dieux et des femmes de là-bas.

Il est certainement bien à plaindre l'ami ennuyé de madame Chrysanthème d'être atteint de cette hyperexcitabilité douloureuse qui lui fait promener un spleen britannique à travers le plus riant pays du monde ; c'est à cette infirmité qu'il faut attribuer « l'exaspération que lui cause la laideur de ce peuple » et qui lui inspire des appréciations dans le goût de celle-ci : « des gongs, des claquebois, des guitares, des flûtes ; tout cela grince, gémit, détonne avec une étrangeté inouie et une tristesse à faire frémir », et encore : « Passons vite, tout cela sent la race jaune, la moisissure et la mort ».

---

shown us that the mechanical symmetry does not make for beauty. They have thaught us the charme of irregularity, and if the world owe them but this one lesson, Japan may yet proud of what she has accomplished.

B. H. CHAMBERLAIN. *(Things Japanese)*.

Où le mélancolique ami de Mme Chrysanthème a-t-il jamais vu les boutiques encadrées de drap noir qu'il compare avec insistance à des tentures de pompes funèbres ? Ces étoffes, en réalité, sont des bannes où se lisent, en caractères clairs, les enseignes des différentes industries. Jamais elles ne sont noires, jamais elles ne sont en drap. Les Japonais, pour cet usage, emploient des toiles teintes, généralement, en beau bleu indigo ; quelques-unes sont brunes ; les marchands de tabac, seuls, en étalent de rouges.

Nous ne croyons pas que tout cela offre un aspect bien funèbre et donne, d'après l'expression de l'auteur, l'idée d'un « deuil général ».

Ailleurs, c'est le tramway, dans lequel, il prend bien soin de nous le dire, « il monte pour la première fois de sa vie », qui l'indispose, et ses voisins lui inspirent cette phrase écœurée : « Combien je regrette, mon Dieu, de m'être fourvoyé dans cette voiture du peuple ». Voyez-le, tamponnant son mouchoir sous son nez d'aristocrate pour combattre la déplaisante senteur « d'huile de camélia rancie, de bête fauve, de race jaune ! »

L'imagination en ceci joue un grand rôle, car la race japonaise, grâce à son hygiène, à son exquise propreté, à ses bains chauds quotidiens et à son alimentation végétale, se distingue entre tous les peuples par son inodorance. (1)

Mais le lamentable ami de Mme Chrysanthème n'est-il pas un styliste hors pair ? Cependant lequel

---

(1) Some of the inhabitants of a certain village famed for its hot springs excused themselves to the present writer for their dirtiness during the busy summer months : « For », said they, « we have only time to bathe twice a day ». « How often, then do you bathe in winter ? » « Oh ! about four or five time daily. The children get into bath whenever they feel cold ».

B. CHAMBERLAIN. *(Things Japanese)*.

d'entre nous est bien sûr de pénétrer pleinement sa pensée intime, dans cette phrase extraite d'une description de Tokio : « La ville occupe une sorte de vaste plaine ondulée ; ses quelques collines, trop petites pour y faire un bon effet quelconque, sont juste suffisantes pour y mettre du désordre ».

Et nous aussi, en fermant les yeux, nous retrouvons ce décor : assis sous le portique écarlate du iaski de la mission militaire française, nous voyons se dérouler à nos pieds un panorama superbe. C'est le château impérial, le Siro ; ses hautes murailles plongent dans un fossé profond plein de lotus roses, et son immense parc aux frondaisons antiques, va rejoindre, à l'horizon, la mer d'un bleu éteint, perdue dans la brume argentée.

Puis voici des quartiers entiers, le réseau compliqué des canaux aux ponts recourbés et, partout va, vient, se presse, s'amasse une foule alerte et bigarrée ; enfin, plus loin encore, c'est, dans un coin verdoyant de banlieue, une maisonnette chère entre toutes, car c'est là que vivait Kiosaï, le grand artiste qui fut notre ami...

L'incompréhension, les erreurs de détail, les illusions d'optique qui font voir noir ce qui est bleu, tout cela ne serait rien et l'on pourrait encore s'entendre ; on passerait même condamnation sur une exclamation de cette force : « Comme je comprends de plus en plus cette horreur du Japonais chez les Européens qui les ont longtemps pratiqués en plein Japon ! » qui n'est autre chose qu'une contre-vérité manifeste. (1)

---

(1) Le Japonais de l'intérieur montre beaucoup d'égards pour le voyageur européen ; c'est encore pour lui un objet d'intérêt qui éveille dans son esprit simple une sympathie faite de curiosité et de bonhomie. On retrouve là un peu de ces mœurs patriarcales, de cette hospitalité traditionelle des peuples antiques. Depuis la petite servante d'auberge avenante et souriante toujours, dans son charme

Où cela devient plus grave, c'est lorsque, s'abandonnant sans réserve au parti-pris de dénigrement qui l'anime, l'ami mal avisé de Mme Chrysanthème englobe une nation entière dans la plus injurieuse des accusations. Oser dire en parlant d'un « établissement honnête et familial, tenu par un vieux monsieur Nippon, sa dame d'un certain âge et les trois aimables mousmés, ses demoiselles, qu'*ici comme partout* les personnes sont à vendre aussi bien que les choses » est plus qu'une calomnie.

Pour mériter d'être traités aussi grossièrement, il faudrait qu'ils eussent bien changé depuis le temps où St-François Xavier disait d'eux :

« Autant que je puis en juger, les Japonais surpassent en vertu et en probité toutes les nations découvertes jusqu'ici ; ils sont d'un caractère doux, opposé à la chicane, fort avides d'honneurs qu'ils préfèrent à tout le reste ; la pauvreté est fréquente chez eux, sans être en aucune façon déshonorante, bien qu'ils la supportent avec peine ».

Revenons à Madame Chrysanthème.

Qui n'a souri à cette phrase de la dédicace : « Bien que le rôle le plus long soit à Madame Chrysanthème, il est bien certain que les trois principaux personnages sont Moi, le Japon et l'Effet que ce pays m'a produit ».

Cette déclaration n'a pas seulement le don d'égayer quiconque est le moins du monde au courant de la question — artiste, marchand, touriste vulgaire ou simple matelot, j'en appelle à « mon frère Yves » lui-même — il en est plus d'un parmi ceux-là

---

gracile de joli bibelot d'étagère, jusqu'au maître de l'hôtellerie qui se perd en profondes révérences, sans cesse répétées jusqu'à l'obsession, tous vous sont accueillants, et vous vous sentez enveloppé d'une atmosphère de chaude bienveillance. Le paysan, le guide, l'aubergiste vous entourent d'une attention respectueuse.

Dr MICHAUT. *Le Japon inconnu*, « *Figaro du 7 Oct. 93.* »

qui aurait souhaité voir le mot de Montaigne : « Ceci est un livre de bonne foi » inscrit, le sens retourné, en tête de l'œuvre ; cela n'aurait pas été de trop pour le lecteur ignorant du Japon, et puis ç'eût été plus franc. Car enfin, que voyons-nous encore dans cet ouvrage ? Des noms propres détournés intentionnellement de leur véritable sens par la traduction.

Les noms de personnes que les Japonais empruntent parfois aux différents règnes de la nature, ne sont pas composés seulement des mots qui servent à désigner les objets ; ces mots ne forment pas à eux seuls des appellations. Ils sont généralement additionnés d'une particule qui, en quelque sorte, les anoblit, ou d'un autre nom qui les complète.

Ainsi pour les jeunes filles portant le nom de la neige, la lune, on ne dit pas simplement : *Yuki* ou *Isuki*, mais *O-Yuki*, *O-Isuki ;* il en sera de même pour mesdemoiselles Jasmin, Campanule, Jonquille, qui seront *O-Sen*, *O-Kio*, *O-Yoshi*, et madame Prune ne sera pas *Me* mais *On-Mé*. Voici encore la traduction des noms masculins : M. Sucre, *Sato* ; Cerisier, *Sakura-Marou ;* Pigeon, *Hato-horo ;* Liseron, *Sen-Ka ;* Or, *Kin-no-ské ;* Bambou, *Taki-sabouro ;* s'il s'agissait d'une fille on dirait *O-Také*. Quant à Kangourou, c'est une bien autre affaire, le correspondant japonais n'existe pas, l'animal étant inconnu au Nippon.

M. Loti a sans doute été amusé par une consonnance dont il a tiré parti pour ridiculiser son personnage. Il y a, en effet, un nom propre, *sans signification* : *Kan-Kou-rô*, dont il a pu faire Kangourou, en nous laissant croire à une honnête traduction, comme pour les noms de certains autres de ses personnages.

Des gens s'évanouissent au parfum des fleurs ; d'autres ont en horreur la musique, dédaignent les beaux vers et méprisent la peinture ; au moins ceux-là, généralement, ont conscience de leur infériorité, et ne se livrent pas à la pure diffamation pour démontrer que seuls ils ont raison contre tout le monde.

Paul Bourget a écrit ces lignes sur Corfou :

«... Ile verdoyante et que je ne reverrai peut-être jamais, quand tu ne m'aurais donné que cette volupté de quelques matinées passées de la sorte sur ton rivage, ton nom me resterait sacré pour toujours, et quand je me souviens de toi une phrase du noble et triste Flaubert me chante dans la mémoire : Même il y a des endroits de la terre si beaux qu'on a envie de la serrer contre son cœur ! »

Ces lignes, je voudrais les avoir écrites — pour parler comme M. Loti — elles s'appliquent si bien à « Moi, au Japon et à l'Effet qu'il m'a produit ! »

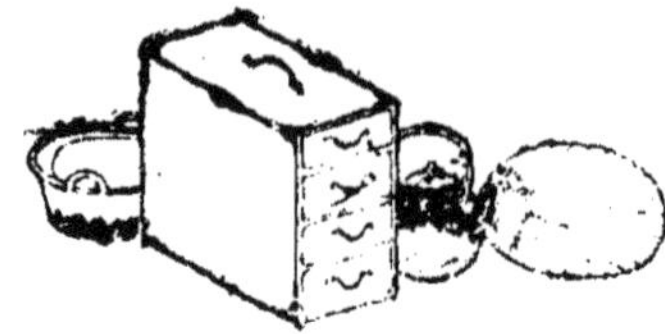

DÉDICACE :

A ma bien chère Marraine,
la Comtesse MATSOUKATA
ambassadrice à Paris

Vous étiez indulgente et bonne pour votre petite Chrysanthème, et si douce, au temps mille fois béni où, toute jeune, elle était votre humble servante.

Par votre exemple, autant que par vos leçons, vous m'avez appris la docilité, premier devoir de la femme, le plus apprécié de ses charmes.

Hélas, je ne suis plus une enfant, j'ai vingt ans, et mon expérience de la vie est déjà très rude.

Avec la sincérité que vous me connaissez, j'ai retracé pour vous seule, au jour le jour, les événements qui ont rempli une phase poignante de mon existence et je vous dédie sans crainte ce petit cahier que j'ai arrosé souvent de mes larmes...

Je n'ai pas un instant essayé de lutter contre le destin, contre l'entraînement de mon cœur. J'ai voulu bien faire; si je n'ai pas réussi, vous au moins ne me tiendrez pas rigueur, j'en suis certaine.

J'ai sous mon oreiller, dans le tiroir du makoura, une photographie, c'est un instantané pris à la dérobée par cette petite folle de Oyouki. Un homme, devant un miroir, vu de dos, absorbé dans sa propre contemplation.

Il ne me reste pas autre chose de celui qui, pendant tout un été, a tenu mon cœur dans ses dures mains — ô combien dures !

A la fin, mes amies l'avaient surnommé : Rhinocéros parfumé. C'était trop. Mais comment cet étranger a-t-il pu prendre un tel empire sur mon âme, qu'il semble n'avoir jamais eu la curiosité de pénétrer et qu'il n'a jamais su comprendre ? C'est ce que je ne saurais dire.

D'ailleurs je ne cherche plus à comprendre, moi non plus.

Les Chinois ont peut-être raison de traiter ces hommes, venus de l'Occident, de barbares et de diables rouges — lui pourtant était brun — et nous avons peut-être tort de les accueillir et de vouloir les imiter ?

N'était-ce pas un peu ce que vous me disiez jadis ?

Vous devez être plus à même d'en juger aujourd'hui que vous les voyez de plus près.

Mais que m'importe maintenant ? Il y a quelque chose de brisé en moi ; j'avais fait un trop beau rêve, contre toute raison ; il eût fallu un miracle pour qu'il se réalisât, et j'en étais bien indigne.

J'ai lu dans le « Tokio-Chimboum » que la mission du comte Matsoukata en Europe allait sans doute prendre fin bientôt. Quel bonheur ce serait pour moi de vous revoir ! Cet espoir, seul, peut me consoler dans ma détresse.

Avec grand respect, ma chère Marraine, je suis votre reconnaissante et dévouée servante jusqu'à la mort

CHRYSANTHÈME

LE CAHIER ROSE
de
MADAME CHRYSANTHÈME

3 Juillet 1885

N rentrant à la maison je trouve Oyouki, ma petite voisine, tremblante et toute défaite, et cela augmente l'inquiétude que j'éprouvais de ne l'avoir pas vue à la fête du Jardin des Fleurs où nous devions nous rencontrer.

Il s'est passé ceci : Un grand navire européen est arrivé hier ; il en est sorti des hommes bleus, le cou nu ; en bande ils se sont répandus par la ville, pénétrant dans les maisons, avec de gros éclats de voix, à la manière de leur pays sans doute.

Trois d'entre eux ayant loué des chevaux, galopaient d'une façon désordonnée sur la route que suivait Oyouki pour venir à notre rendez-vous. Très effrayée à la vue de ces hommes, elle s'était jetée de côté précipitamment afin de les éviter et, embarrassée dans sa robe, elle avait roulé au fond du fossé ; les étranges cavaliers étaient bien loin quand Oyouki décoiffée, les mains ensanglantées, se relevait et sans plus de mal revenait sur ses pas.

Il n'y paraît plus maintenant, et nous voilà bien tranquilles accroupies sur le balcon d'où l'on a une vue admirable de la mer, en partie masquée par les vieux arbres aux branches tordues.

Nous causons. Pour consoler Oyouki de sa mésaventure, je lui raconte la fête dont elle a été privée, et, prenant mon *samisen*, j'essaye de me souvenir des chansons qu'elle n'a pas entendues. La fameuse artiste, que nos amis avaient amenée au Jardin des Fleurs, en savait de fort jolies. D'ordinaire il me suffit d'entendre un air une fois pour le retenir ; aujourd'hui la mémoire me manque. Mon âme errante est ailleurs... Là-bas, dans la baie, au-dessus d'une masse noire immobile, flotte un pavillon tricolore...

Pour ne pas rappeler à Oyouki son accident de la journée, et cédant à je ne sais quel sentiment indéfinissable, je ne lui dis rien du bel officier de marine à peine entrevu. On l'avait installé dans la pièce voisine de celle où nous faisions de la musique. Vêtu de toile blanche, avec deux galons d'or à sa coiffure, blanche aussi, qui faisait valoir son teint mat et ses cheveux bruns, il paraissait un peu agité — tous ces étrangers sont ainsi — il avait pourtant, celui-là, des yeux songeurs qui restent plantés dans les miens.

Oyouki ne leur en veut pas à ces hommes bleus dont le bruit lui a tant fait peur : partout les marins sont un peu rudes, ceux-ci ne savent rien de nos usages — et nous que savons-nous ? — « Le crapaud qui rêve au fond d'un puits ignore ce qu'est l'Univers. »

En Europe comme au Japon, il y a des poètes, des artistes et des savants qui sont intelligents et tendres... comme les nôtres ; ceux-là je voudrais les connaître, et même tous les marins ne doivent pas se ressembler.

Le premier que j'ai vu était blond et très laid, je crois, mais si débonnaire ; respectueux de nos coutumes, il ne manquait jamais d'ôter ses chaussures avant d'entrer chez nous. Il ne resta pas bien longtemps à Nagasaki, il écrivait et dessinait beaucoup ; je me souviens qu'il me fit manger des confitures apportées de son pays ; j'étais bien jeune alors, et mon père me dit : « C'est un Anglais. »

Celui auquel je pense est Français.

***

5 juillet. — O la folle ! J'en avais fait du chemin depuis l'instant où mon regard s'était rencontré avec celui de M. Loti ! Car je sais son nom maintenant. Ah ! oui, bien folle : je ne voyais plus que lui et j'en rêvais la nuit... C'était très vague ; parfois je me sentais secouée de la tête aux pieds... C'était douloureux et fort doux...

J'apprends qu'il va épouser cette petite sotte de O-Sen ; c'est Kan-Kou-rô — un vilain homme — qui s'occupe de ce mariage, et c'est demain qu'a lieu la présentation. Plusieurs personnes y assisteront et je m'arrangerai pour être là. Pourquoi ? Je n'ai plus à me cacher, maintenant que tout est convenu avec une autre.

Comment ai-je pu imaginer que ce passant pourrait avoir quelque chose de commun avec moi ! Il m'effrayait et m'attirait tout ensemble ; c'était comme une fascination.

Quand je l'ai aperçu pour la seconde fois, il suivait le petit chemin creux qui longe la maison ; j'ai eu juste le temps de me blottir derrière un arbre pour qu'il ne me vît pas. Il parlait avec animation, la main posée sur l'épaule d'un homme plus grand que lui ; cet homme semblait l'écouter avec déférence, bien qu'il hochât la tête parfois, de l'air de quelqu'un qui ne veut pas se laisser convaincre. Enfin ils quittèrent le chemin et disparurent dans le bois de bambous...

* * *

9 Juillet. — Je suis sa femme !... En vain je me répète ces mots, je ne puis y croire... Cela est, pourtant. Je n'en veux plus à Kan-Kou-rô, qui a fait cela, et je regrette d'avoir été méchante pour cette petite O-Sen, à qui j'ai été préférée. Elle était pourtant d'une élégance parfaite dans sa robe grise brodée de roses pâles et de papillons.

Sa femme ! Aujourd'hui j'entrerai avec lui dans la

maison qu'il a choisie, là-haut, sur la colline, auprès du cimetière. Une partie de mon petit bagage y est déjà ; j'ai accompli mes dévotions à Benten et nous sommes en règle avec ces messieurs de la police.

Il fait un beau temps clair ce matin. C'est toujours le printemps, puisque l'ototoguis, l'oiseau d'avril, n'est pas encore parti, et je suis heureuse de vivre ; mais il ne faut pas trop le laisser paraître.

Trois jours se sont écoulés depuis cette soirée mémorable ; commencée au coucher du soleil, elle ne s'est terminée qu'à dix heures du soir ; c'est qu'il a fallu du temps à Kan-Kou-rô, pour rompre avec Mademoiselle O-Sen, plus que pour nous unir, Pierre et moi.

Cachée derrière les autres, j'avais ma robe bleue, couleur de nuit, parsemée de fleurs de roseaux ; deux épingles très simples dans les cheveux. J'étais venue pour voir et il me serait bien difficile de dire ce qui s'est passé, jusqu'au moment où, défaillante, et me disposant à sortir, je sentis quelqu'un me saisir le poignet un peu vivement. Je me trouvai amenée devant Lui, toute droite, et le sang, qui s'était arrêté dans mes veines, affluant au cœur, je crus que j'allais tomber ; mais Il me prit la main, l'homme qui était à côté de lui — je le reconnus pour être celui du chemin creux — en fit autant, et je compris qu'il m'adressait un compliment en me montrant son ami. On me fit une question, je dus répondre oui... Sans la demi violence que m'a faite Kan-Kou-rô, en m'amenant devant Lui, rien de tout cela n'aurait eu lieu sans doute. Ce Kan-Kou-rô, si laid, est-ce que je vais le trouver beau à présent ! Il fallait l'assentiment de ma mère : il se chargea de l'obtenir ; mais c'était bien pour la forme, car la chère maman ne voit que par mes yeux et fait tout ce que je veux. D'ailleurs je vais avoir dix-neuf ans. Comme je suis vieille !

Avec quel bonheur j'ai consenti ! N'est-ce pas le hasard qui a tout fait, et comme je le bénis ce hasard ! Chacun s'est dit bonsoir et l'on s'est séparé.

***

10 Juillet. — Nuit splendide ; les étoiles brillent d'un éclat incomparable ; jamais les cigales n'ont chanté si allègrement... Je suis brisée.

***

11 Juillet. — Maintenant je vis dans mon rêve... De chez nous la vue est encore plus belle que de mon chez moi d'hier. La maison est enfouie dans la verdure ; le jardin est plein de fleurs, d'arbustes savamment disposés sur de menus mamelons, et un ruisselet d'eau limpide se contourne et se répand en minces cascades parmi les rochers moussus, montagnes en miniatures.

Ma chambre est telle que je la voulais : les *karakamis* sont éblouissants de blancheur, comme les nattes du plancher, les *tatamis* ; les poutrelles du plafond sont en bois rose, en *hinaki*, d'essence précieuse, merveilleusement veiné ; mon *samisen* est accroché au-dessus de la petite bibliothèque où sont mes livres : des romans historiques et différents manuels à l'usage des *mousmés*, surtout ceux qui traitent de l'art de marier les fleurs entre elles et de les disposer dans des vases. Des vases avec des fleurs, j'en ai mis partout ; je suis assez satisfaite de mon ouvrage. Et puis j'ai placé sur son socle, dans le *takonoma*, entre deux lanternes de bronze, *Benten*, une statuette en bois doré, chère relique qui me vient de mes grands parents. C'est la bonne déesse de la mer, protectrice des amoureux ; elle est bien à sa place ici et m'est plus précieuse encore aujourd'hui. Je la prierai sans cesse pour qu'elle me protège et m'inspire. Dans la pièce à côté, des coffres laqués où sont mes robes ; j'en ai douze, autant qu'il y a d'heures dans le jour ; ce n'est pas beaucoup pour la joie des yeux de celui qu'on aime... Nous étions plus riches autrefois. Après la révolution, mon père qui était un haut Samouraï, dut quitter le service de son seigneur le prince de Satzouma ; une mélancolie mystérieuse s'empara de son esprit ; il ne s'occupa plus du tout de sa maison, qui périclita, et bientôt il mourut, rongé par le chagrin de voir des étrangers s'emparer de tout le pays.

Quelle opinion aurait-il de moi en cet instant ? Je tremble un peu en me le demandant... Mais non, les femmes n'ont pas à compter avec la politique ; le cœur doit être tout pour elles.

Sous des dehors durs et hautains, mon père cachait une immense bonté. Il comprendrait ; il me pardonnerait. Ma mère était *guécha* à Kioto quand il s'éprit d'elle. Rien ne put vaincre leur amour ; on en fit des chansons et des pièces de théâtre, qui exposaient, en les amplifiant, tous les obstacles que les amants eurent à surmonter avant de s'épouser. Ayant souffert, il aurait eu pitié de ma souffrance. Chassons donc ces vilaines idées. Pierre est mon maître, je n'ai plus qu'à lui plaire ; je l'aime et il peut faire de moi ce qu'il veut.

***

12 Juillet. — Je me sens un peu lasse d'avoir couru la ville hier toute la journée avec mon Pierre et Yves son matelot, en *jinrikisha*. Nous sommes rentrés fort tard, et la nuit, nous avons été tenus éveillés par les rats et les souris qui ont mené grand bruit sur le toit et dans toute la maison. Il en a paru très ennuyé et, s'étant éloigné de moi, il alla s'accouder sur le balcon. Absorbé dans sa méditation, il semblait que je n'existais plus pour Lui. Maudites souris ! A la fin n'y tenant plus, je me glissai auprès de lui, et entourant son cou de mes bras tremblants, je le ramenai auprès de moi sous la moustiquaire.

***

13 Juillet. — Yves est devenu mon grand ami ; il ne manque pas d'adresse, avec ses manières lourdes ; sa bruyante gaîté, qui n'exclut pas une certaine finesse, anime un peu la maison, si calme quand mon Pierre est seul avec moi.

La tristesse qui l'a saisi la nuit dernière ne l'a pas quitté ; que pourrais-je inventer pour le distraire ? Ne suffit-il pas d'être toujours souriante et gracieusement soumise en toutes choses ?... J'attendrai que son accès soit passé, en me tenant auprès de lui, muette et attentive.

***

14 Juillet. — J'ai mieux supporté la fatigue — que je m'efforce de lui dissimuler — de notre promenade d'aujourd'hui. Mes prouesses au tir à l'arc l'ont fait sourire d'abord et ensuite l'ont émerveillé. Mais, le soir, en traversant la concession européenne, pour rentrer chez nous, il est redevenu sombre.

C'était la fête des Français. Il y avait là des hommes de toutes les nations : Anglais, Américains, Russes, etc. Ils chantaient à tue-tête, très excités et plus d'un roulait ivre-mort. C'est sans doute ce spectacle pénible qui avait fâché Pierre. Buvez et chantez quand vous pouvez, dit le proverbe, car à deux pas de vous c'est la nuit noire.

***

18 Juillet. — Aujourd'hui sont venus nous voir les amis de Pierre avec leurs femmes japonaises ; je ne connais aucune de ces dames.

Les présentations faites, nous avons été nous promener dans le quartier des théâtres. Oyouki qui s'est peu montrée, par discrétion, pendant les premiers jours de mon mariage, était avec nous ; je l'ai confiée au seul de ces messieurs qui soit resté célibataire. Ils forment un couple excessivement comique ; elle toute petite et un peu sauvage, lui très grand et très gai, avec un peu l'air de se moquer des gens.

Oyouki passe aux yeux de Pierre pour la fille de nos propriétaires, qui occupent le rez-de-chaussée de la maison. Elle est venue habiter avec eux, c'est comme si elle était en visite chez moi, et cet arrangement m'évite des explications inutiles. Je ne sais pas pourquoi aussi il s'est imaginé que ma mère n'est que ma belle-mère... Ces détails sont sans importance et je ne m'y attarde pas.

***

4 Août. — La nuit, nous sommes tourmentés par les insectes ailés ; la lumière des lampes, qui brûlent auprès de Benten, les attire dans notre chambre, et je fais tout ce que je peux pour les chasser. Je les supporterais bien, y étant habituée — ils sont même quelquefois très jolis à voir voltiger autour de la moustiquaire — mais je veux calmer Pierre que ces bestioles irritent.

Je m'aperçois que bien des choses lui déplaisent et je ne saurais dire si rien de ce qui nous entoure l'intéresse. Je commence à en éprouver un profond malaise...

***

10 Août. — Je n'osais pas me l'avouer ; il s'ennuie. C'est un grand chagrin pour moi qui n'ai cessé de me mettre à ses pieds et de lui offrir le meilleur de moi, ainsi que cela se doit d'ailleurs. Hélas, nous ne nous servons pas du même langage ! J'ai fait demander un dictionnaire ; je l'attends ; il m'aimerait peut-être mieux, si je pouvais lui parler et si je pouvais l'entendre. Je voudrais apprendre le français en cachette pour lui faire une surprise ; le secret de mes études serait peut-être difficile à garder, n'importe ! je meurs d'envie d'essayer.

***

11 Août. — Ce sont les araignées maintenant qui l'horripilent !

***

12 Août. — Il prend des notes parfois sur un petit carnet, mais il ne lit jamais, du moins je ne lui ai jamais vu un livre dans les mains, pas même un journal. Et moi qui aime tant la lecture, je ne puis m'y livrer que lorsqu'il n'est pas là.

Il paraît insensible à la vue des plus charmantes choses.

Décidément tout l'ennuie.

Je n'ose plus lui faire admirer mes bouquets. Il renifle parfois, en faisant une vilaine grimace ; le parfum subtil et fin, dont tout ici est imprégné, lui déplaît, — il n'est pas en mon pouvoir d'y rien changer, — et c'est de l'air le plus dégoûté du monde qu'il repousse la petite pipe d'argent que je lui présente pour qu'il fume avec moi. C'est un plaisir bien innocent ; je devrai peut-être m'en priver.

Jusqu'aux plats qu'on me sert, qu'il persifle — et ses yeux prennent une expression funeste, quand

Yves, gaîment, tourne autour de moi comme un gros chien, et que je le fais manger avec mes baguettes d'ivoire — jeu d'enfant auquel il se prête volontiers.

Que se passe-t-il dans le cœur de Pierre ?

Je voudrais savoir. Dans mes insomnies, je vois un mur s'élever entre nous. Que vais-je devenir si cela continue ! Je crains de n'être pour lui qu'un accessoire insignifiant. M'a-t'il jamais demandé si je l'aimais, ou seulement si je pourrais l'aimer un jour ! Un jour... il s'en ira, bien loin, et je ne le reverrai plus jamais, et tout sera fini !

***

18 Août. — Il n'a qu'un sourire railleur pour tous les petits objets en papier que je sais si bien faire ; des oiseaux, des fleurs, des arbustes... Ma musique l'agace ; une seule fois il a paru y prendre plaisir : Oyouki et moi nous nous étions mises à travailler sérieusement.

Je lui apprenais des airs de jadis. Nos deux *samisens* vibraient. Je chantais la ballade du « Lotus expirant au bord du lac desséché ». Les paroles de cette chanson me labouraient le cœur et je l'achevai dans un sanglot.

Pierre était entré sans bruit ; il m'écoutait, je ne me doutais pas de sa présence. Il me demanda de continuer. Etait-ce mes larmes qu'il voulait voir couler encore ?... Mais Kan-Kou-rô étant arrivé pour lui parler avec un air de mystère, ils sortirent ensemble, et j'entendis Pierre faire la grosse voix, très en colère. Adieu chanson !

Je suis descendue pour m'informer de la cause de ce nouvel ennui, auprès des vieux d'en bas. Ils ont cru comprendre par certains mots échappés à Kan-Kou-rô, qu'on réclame quelque chose de nous à la police, une simple formalité omise. « Y a-t-il de quoi se fâcher si fort, et dans tous les pays du monde est-ce que l'autorité ne doit pas être respectée ? Au Japon, on est si doux pour les étrangers ! Ils font tout ce qu'ils veulent et ne sont molestés par personne ». Ces observations me sont présentées très discrètement par Satô, qui est l'indulgence même ; de plus c'est un excellent peintre ; le monde des oiseaux n'a pas de secret pour lui et il excelle dans la représentation des échassiers ; ce sont surtout des grues sous les pins — emblème de la longévité — qui ont fait sa réputation.

Ce qui cause à Satô un vif chagrin, c'est le mépris que Pierre affecte à l'égard de ses œuvres, et même je crois qu'il lui en veut un peu pour ça, le pauvre ! Un marin a bien le droit de ne pas se connaître en peinture, pourtant !

⁂

23 Août. — Cinq jours sans le voir ! Une sorte d'engourdissement s'est emparé de mon être. Chaque matin, automatiquement, j'ai renouvelé les fleurs dans la maison ; j'ai mis ma plus belle robe et je me suis défendu de pleurer pour qu'il ne me trouve pas trop laide au retour. Du balcon j'ai pu voir la *Triom-*

phante évoluer dans la baie. Je me console en supposant qu'il a été retenu par son service ; il y a eu de gros orages, et la mer a été très mauvaise ; les communications n'ont pas dû être faciles avec la côte...

Enfin les voilà, Yves et lui ; ils gravissent la pente qui mène à la maison. Comme je vais l'embrasser !

***

25 *Août.* — Yves dans la chambre voisine de la nôtre, où nous l'avons installé pour la nuit, fait la chasse aux moustiques en grommelant ; il nous empêche de dormir ; il serait plus simple de lui faire une petite place sous notre moustiquaire, pensons-nous. Il s'en suit un petit brouhaha. Par inadvertance, sans doute, Pierre a placé mon *makoura* entre le sien et celui du nouveau venu. Sans rien dire je remets les choses dans l'ordre convenable, Pierre au milieu.

La nuit s'est achevée paisiblement et ce matin les deux inséparables sont partis joyeux.

Je trouve sur le balcon son petit calepin qu'il a oublié. Mon dictionnaire n'est pas encore arrivé de Tokio ; ça doit être si difficile à apprendre le français ! Je crois qu'il faut y renoncer. Par désœuvrement je copie lettre à lettre, au dos d'un éventail, cette phrase que je lui ai vu écrire sur la dernière de ces pages dont il vaut mieux sans doute que j'ignore le sens :

« *Comme c'est éternellement joli, même au Japon, les matins de la campagne et les matins de la vie !* »

***

27 Août. — Aujourd'hui en nous promenant nous avons été faire une visite à ma famille. Lui, d'assez bonne humeur, a été très bien pour tout le monde, surtout pour ma mère, qui dans la médiocrité où elle est tombée, est restée si grande dame, et dont la gravité enjouée a paru l'impressionner beaucoup. Il a aussi très bien accueilli mes sœurs et mes frères. Le plus petit, après maintes singeries mignonnes, est venu s'endormir sur ses genoux. Il a admiré le jardin et loué le goût exquis qui a présidé aux arrangements intérieurs de la maison.

Pendant quelques minutes tous mes chagrins furent oubliés. Mais ce rayon de soleil devait s'évanouir bientôt.

Yves et Oyouki nous ayant rejoints, nous sommes partis pour une longue tournée d'achat de bibelots dans la ville. Pierre, trouvant tout détestable et rien à son goût, enrageait, malmenait tout le monde, et la politesse des marchands — qu'il trouve exagérée — ajoutait à son exaspération.

Il me rendait honteuse...

***

...« De quel droit, petite Chrysanthème, vous permettez-vous de censurer votre maître ? Auriez-vous déjà perdu, à un contact étranger, la notion juste de vos devoirs ? Vous l'avez voulu, vous lui appartenez jusqu'à la mort, et ce n'est pas seulement votre corps, inerte et sans volonté, que vous lui devez, c'est votre sourire aussi et toutes vos grâces, et tout le charme de votre esprit de femme bien élevée et d'artiste. Et peu importe qu'il vous fasse souffrir, vous ne devez rien laisser paraître de votre souffrance. »

Ces paroles sévères de ma mère, auprès de qui, excédée, j'avais demandé de retourner passer la nuit, après cette triste promenade, bourdonnent à mes oreilles, tandis que, le cœur gonflé, je monte l'interminable escalier de granit qui mène au temple en fête, où je sais que Pierre doit finir sa soirée seul avec Yves.

J'ai pris avec moi mon petit frère, comptant sur lui pour m'aider à trouver grâce. Yves, qui le premier m'a distinguée dans la foule, ne m'a pas été inutile non plus.

Je me suis faite bien humble et Pierre a poussé la condescendance jusqu'à permettre que le petit, qui ne voulait plus me quitter, remontât avec nous à la maison.

1er Septembre. — Les jours suivent les nuits, les nuits suivent les jours, sans apporter grand changement dans notre manière de vivre. Tout en cherchant à m'étourdir, je m'ingénie à trouver les choses qui ne le fatiguent pas trop. Nous avons dans notre voisinage de très jolis enfants. Me souvenant du succès qu'avaient obtenu auprès de lui les mines de mon petit frère, je les attire chez nous. Il s'en amuse un instant comme de la musique que je fais encore parfois avec Oyouki ; mais bien vite, comme s'il se reprochait une faiblesse, il reprend son air ennuyé, qui arrête toute effusion. C'est horrible de manquer de mots pour échanger ses idées ; en être réduit à la pantomime ! Moi je m'en contenterais puisque j'aime, mais lui... il est sans doute trop savant pour s'en accommoder.

Depuis quelque temps il écrit beaucoup.

***

3 *Septembre.* — A-t-il deviné que j'avais une envie folle de visiter son grand navire ? Il nous y a conduites aujourd'hui. On nous a tout montré. C'est très intéressant à voir une fois, mais je serais bien fâchée, s'il me fallait passer mon existence dans ce milieu noir et blanc, parmi tous ces canons et toutes ces grosses cordes. Par politesse j'ai cru devoir insister pour dire bonjour à Yves avant de quitter le bord. Pierre a eu l'air de trouver cela peu convenable...

***

4 *Septembre.* — Je ne peux lui cacher ma torture malgré tous mes efforts ; ses manières sont devenues plus avenantes cependant depuis quelques jours, mais j'y vois poindre un sentiment de compassion, qui, loin de me calmer, me rend la vie plus lamentable. Quelque chose me dit que la fin est proche et le vertige me prend.

***

6 Septembre. — On a fait cadeau à Oyouki d'un petit appareil photographique, dont elle commence à se servir très adroitement, grâce aux leçons du professeur Takuma. Nous sommes allées ce matin nous faire photographier chez lui.

***

11 Septembre. — Pour être resté exposé au soleil hier, il a été très malade ; je l'ai tenu dans mes bras longtemps. J'ai mis mes mains sur son front brûlant. Aujourd'hui il n'y paraît plus.

Fiévreuse, moi aussi, je pensais en le caressant bien doucement, que s'il mourait, je mourrais après lui. Les âmes n'ont pas besoin de paroles pour s'entendre, il saurait alors combien je l'ai aimé.

***

17 Septembre. — Réveil affreux. En ouvrant les yeux — après une nuit passée à l'attendre — je vois Pierre debout, d'une main soulevant la gaze de la moustiquaire; de l'autre il tient une petite valise. J'ai compris ; je retiens un cri ; ce sont ses adieux qu'il vient me faire.

...La journée s'est passée à emballer, Yves aidant. La *Triomphante* quitte Nagasaki demain soir. J'arrive à lui faire comprendre qu'il faut qu'il vienne m'embrasser avant le départ, puisqu'il ne peut pas se faire remplacer à bord cette nuit... Et Yves que je ne reverrai plus me serre la main une dernière fois, un peu trop fort.

***

18 Septembre. — Puisqu'il doit revenir aujourd'hui, je n'ai pas encore le droit de pleurer... et je chante, pour endormir ma pensée, la chanson lugubre de l'usurier, accompagnée de coups frappés avec une petite baguette sur les piastres neuves que Pierre m'a laissées. Cette chanson, bien connue au Japon, montre que l'avarice mène à tous les crimes et que l'argent est ce qu'il y a de pis au monde.

Pour la dernière fois, il entre dans ma chambre, sans bruit, ainsi qu'on fait pour surprendre un enfant en faute. C'est une manie qu'il a, bien blessante, et qui m'a peut-être été plus cruelle que tout le reste.

Il prend en m'abordant un air tout à fait impertinent que je ne lui ai pas encore vu ; il vise du coin de l'œil les pièces blanches éparpillées autour de moi sur les tatamis. Est-ce qu'il croit, le malheureux, que je fais le moindre cas de ses piastres et que je les fais tinter pour savoir si elles sont fausses ?

C'est la suprême insulte !

J'irai jusqu'au bout et ne laisserai rien paraître, comme je fis, la nuit où il plaça mon makoura à côté de celui de son ami — pour voir... quoi ?

Je me prosterne sur le seuil de la porte qu'il a franchi pour la dernière fois et je reste en cette attitude jusqu'à ce que s'éteigne le bruit de ses pas. Il ne peut se douter que c'est une morte qu'il vient de quitter.

Ici s'arrêtent les notes du cahier rose.

L'épilogue est bien Japonais. La délaissée voulant en finir avec l'existence, s'est jetée à la mer.

Elle avait au cou cent piastres d'argent serrées dans un morceau de soie rare.

Elle fut sauvée.

On retrouva l'enveloppe de soie, elle ne contenait plus que de petits morceaux de papier adhérents au tissu mouillé — l'argent était resté au fond de l'eau. Ces petits papiers avaient été oubliés par M. Pierre Loti chez Madame Chrysanthème, qui les avait recueillis pieusement. Ils étaient couverts d'une écriture à moitié effacée par l'humidité. A grand peine on parvint à déchiffrer quelques mots par ci, par là, des phrases dans le genre de celles-ci :

« Toujours du bizarre — Toutes les choses grimacent bizarrement — Etranges symboles — Mots étranges — C'est incroyable que cela signifie quelque chose, ces mots baroques — Une étrange odeur — Sous de très étranges portiques — Croyances drôles — Des ivoires drôlatiques — La plus drôle de toutes les villes — Toutes sortes de petits métiers impayables — M. Sucre et Mme Prune, deux impayables — Des Japoneries indicibles — Trop de Japoneries — Je ne sais quoi d'incompréhensible — Je ne sais quoi d'indicible — Des fleurs invraisemblables — Tout cela est inimaginable — Tant qu'à épouser un bibelot, j'aurais peine à trouver mieux — Une saugrenuité vague et froide — Quand on arrange les choses on les dérange toujours — *Nous ne sommes pas les pareils de ces gens-là* — Par un temps de pluie il fait toujours bon rentrer chez soi — Cela rentre dans ma manière de clore mes existences exotiques par une fête — L'ensemble de ma personne parle à son imagination. »

Inutile d'ajouter que cette étonnante collection de banalités, de solécismes, de truismes, de non-sens et de platitudes, se retrouve considérablement augmentée dans « Madame Chrysanthème » (Calman-Lévy, édit.) dont il a été tiré cent exemplaires « sur Japon ».

BRIGNOGAN EN PLOUNÉOUR-TREZ.

Septembre 1893.

Annonay. — Imp. J. Royer.

www.ingramcontent.com/pod-product-compliance
Ingram Content Group UK Ltd.
Pitfield, Milton Keynes, MK11 3LW, UK
UKHW020448180726
13839UKWH00004B/1704